# Bumsgeschichten 2

Vorwort

Sehr verehrte Leser und Leserinnen,

vielen Dank für den Erwerb meines Buches.

Mein Name Summer Winter. Mit diesem Buch möchte ich Sie an meiner Lust und Sexualität teilhaben lassen.

Dieses Buch ist das 2 einer ganzen Reihe. Jedes Buch enthält eine erotische Geschichte. Diese entsprechen zum Teil meinem Leben, meinen realen Erlebnissen. Der Rest ist Kopfkino. Meine Geschichten sind daher eine Mischung aus Wünschen, Sehnsüchten, realen Abenteuern und Masturabtionsfantasien.

Und nun zu mir: Ich wurde im Jahre 1982 in der ehemaligen Sowjetunion geboren. Genauer gesagt in Rybinsk, Sternzeichen Schütze. Wir wanderten 1996 nach Deutschland aus.

Ich bin 162 cm groß und von molliger, aber ästhetischer Figur. Ich habe ein pralles, 95 E-Körbchen. Von Natur aus sind meine Haare blond und meine Augen grün bis bläulich. Meine Haare trage ich seit vielen Jahren kurz und in verschiedenen Farben.

Mittlerweile bin ich schwer tätowiert. Zum Ärger meines Vaters habe ich mir auch die Handrücken tätowieren lassen. So, nun haben Sie auch eine optische Vorstellung von mir in den Geschichten. Aber fühlen Sie sich frei sich auch etwas anderes vorzustellen.

Ich hoffe, ich kann Ihnen mit meinen Fantasien und Erlebnissen eine kleine Freude bereiten und/oder Sie zu erotischen Taten inspirieren ;)

Selbstverständlich würde ich mich über eine positive Bewertung und Weiterempfehlungen sehr freuen. Um das Lesen angenehmer zu gestalten schreibe ich aus meiner eigenen Sicht.

Ihre Summer

## Das Klassentreffen

August 2013, ein Monat der sich unauslöschlich in meine Erinnerung eingebrannt hat. Wie jedes Jahr erhielt ich eine Einladung für unser Klassentreffen. Und dieses Jahr feierten wir nun schon das 15-jährige Jubiläum.

In den Jahren 1999 und 2000 nahm ich noch an unseren jährlichen Klassentreffen teil. Aber danach nicht mehr. Und das aus gutem Grund. Ich war zu unserer Schulzeit sehr beliebt, ich kann sogar behaupten das beliebteste Mädchen der Schule gewesen zu sein. Ich war die Prinzessin unseres Gymnasiums und nichts weniger als eine Königin wollte ich werden.

Die Mädchen waren alle neidisch auf mich. Ich hatte einfach alles. Ich war schön, hatte gute Noten und einen wohlhabenden Vater der mir keinen Wunsch abschlagen konnte. Egal ob teure Klamotten, oder ein neues, teures Luxus-

Auto zum 18. Geburtstag. Die Jungs standen Schlange bei mir. Was hätten sie nicht alles getan für ein Date mit der russischen Schönheit.

Doch nun war alles anders. Infolge der Wirtschaftskrisen musste das Unternehmen meines Vaters Insolvenz anmelden. Wir verloren unseren Besitz. Unseren Status, unser Ansehen. Mein Vater konnte nicht mehr für mein Studium aufkommen. Deshalb musste ich es abbrechen.

Als ungelernte Arbeitskraft landete ich in einer Glasfabrik in Berlin. Doch dort wurde mein Arbeitsplatz wegrationalisiert. Wie so viele andere auch. Es folgten weitere Engagements wie diese. Mit jedem Job den ich verlor, verlor ich ein weiteres Stück meiner Würde und meines Stolzes.

Jahre, sogar Jahrzehnte lang hatte ich mich über meine Klassenkameraden gestellt. Und ich ließ keine Gelegenheit aus es ihnen unter die Nase zu reiben. Und nun lebte ich an der Armutsgrenze, am Rande der Gesellschaft.

Ganz gleich ob der dicken Stephanie, oder Tomas der Brillenschlange. Sie alle lebten früher in meinem Schatten und küssten den Boden über den ich schritt. Aus und vorbei. Mit Wehmut dachte ich an diese Tage zurück. Fest entschlossen wieder dorthin zu gelangen.

Natürlich wussten die anderen längst um die Pleite meines Vaters. Was mit mir tatsächlich war wusste jedoch niemand. Sie dachten ich würde mir schon einen reichen Typen geangelt haben.

Doch dem war leider nicht so. Als das Klassentreffen stattfand arbeitete ich als Bardame in einem Tabledance-Club im

Rotlichtmilieu. Es gab wohl nur noch eine Stufe, vielleicht zwei, die ich noch hätte tiefer sinken können.

Ich tat das was eine Frau meiner Klasse immer tut. Ich ignorierte die Einladung. Doch mit jedem Tag rückte das Treffen immer näher. Und mit jedem Tag wuchs meine Neugier und eine kleine, perfide Idee. Ich meldete mich nach vielen Jahren erstmals wieder in sozialen Netzwerken an.

Ich versuchte alles über meine ehemaligen Verehrer herauszufinden. Es gab so viele von ihnen. So viele verzweifelte Nerds und Loser die in unserer Schulzeit für ein kleines, zaghaftes Lächeln von mir ihre eigene Mutter verkauft hätten. Sven, dieser komische Zwerg der mir in der zweiten Klasse einen Liebesbrief geschrieben hat. Tomas, der Vollnerd mit der Hornbrille. Hassim, der stinkende Tunesier und

Sohn vom Hausmeister. Oder Marco der fette Käselappen mit dem Männerbusen, einfach ekelhaft.

Die Tage vergingen, nur noch eine Woche bis zum Klassentreffen. Ich schrieb die Loser aus meiner Schulzeit an nachdem ich über sie recherchiert hatte. Und es stellte sich heraus dass sie gar keine Loser mehr waren. Zumindest nicht mehr so wie früher. Ich muss zugeben, ich war schon verblüfft.

Sven hatte ein Studium als Mediengestalter abgeschlossen und arbeitete beim Fernsehen. Tomas hat eine Menge Geld gemacht als Softwareentwickler, nicht reich- aber durchaus wohlhabend. Hassim wurde gerade zum Leutnant bei der Bundeswehr befördert. Und Marco, Marco wurde noch dicker aber verdient wohl ganz gut als Ingenieur bei einer großen deutschen Firma.

Alle vier Jungs waren auf einmal ganz schnuckelig. Eigentlich alle samt gute Partien dachte ich mir. Darum schrieb ich alle vier an. Es dauerte nicht lange und die vier.... sagen wir mal Ex-Loser meldeten sich bei ihrer Jugend-Göttin.

Ich fühlte mich wieder wie früher! Die vier Jungs überschlugen sich mit Komplimenten und schönen Worten. Ihnen gefiel auch mein neuer Look. War ich in der Schule noch die klassische Barbie-Prinzessin, hatte ich mich in den letzten Jahren gewandelt zur Rockabilly Beauty. Kurze, gefärbte Haare, künstliche Fingernägel, schwer tätowiert. Ich passte mich optisch dem Leben an das ich führte. Das ich mittlerweile propere 80 wog störte sie keineswegs. Im Gegenteil, sie fanden meine Rundungen sehr ansprechend.

Alle vier waren noch Single. Aber am besten gefiel mir Tomas. Wir schrieben uns viele

Nachrichten im Internet. Dann tauschten wir Handy-Nummern aus. Wir telefonierten ein erstes mal drei Tage vor dem Klassentreffen.

Tom: "Hi, ich bin´s Tom".

Dunja: "Hallo Tom. Na….."?

Dunja: "Und alles klar bei dir"?

Dunja: "Natürlich, alles bestens bei mir. Und wie ist es bei dir? Was macht die Arbeit"?

Tom: "Oh, ich habe wahnsinnig viel zu tun. Ich habe ein neues Projekt am Start. Da tiere ich mich gerade mächtig rein. Was machst du zurzeit so beruflich"?

Dunja: "Oh das klingt interessant. Aber lass uns nicht von mir reden, meine Arbeit ist langweilig. Es scheint als hättest du mächtig Gas gegeben".

Tom: "Oh ja, das stimmt. Im Leben kriegt man eben nichts geschenkt".

Dunja: "Ja das stimmt. Kommst du zum Klassentreffen"?

Tom: "Ja natürlich. Ich reise extra von München aus an".

Dunja: "Ok, cool. Vielleicht komme ich dieses Mal auch".

Tom: "Das wäre schön. Ich würde dich gerne wieder sehen".

Dunja: "Was hältst du davon, wenn wir uns vielleicht schon Freitagabend treffen"?

Tom: "Uuh, ist das ein Date"?

Dunja: "Nennen wir es mal ein Versprechen".

Tom: "Das hört sich gut an".

Tom und ich tauschten in den nächsten Tagen noch einige Nachrichten aus. Uns war beiden klar dass es auf eine amouröse Geschichte hinauslaufen würde. Wir neckten uns wie zwei verliebte Teenager. Und ich genoss das Interesse eines hübschen, erfolgreichen Mannes. Die Männer die ich sonst dieser Tage zu Gesicht bekam waren schmierige, biersaufende Typen die ihre letzten Kröten in die Höschen tanzender Schlampen stecken.

Endlich war es soweit. Freitagabend, Tom hat mich eingeladen. Ich war sehr nervös. So gut wir uns auch in unseren E-Mails, SMS und Telefongesprächen verstanden hatten, ich habe ihm im letzten Schuljahr das Herz gebrochen und böse verarscht. Auch damals hatten wir ein Date. Es endete damit dass ich ihn nackt am Baggersee hab stehen lassen und seine Kleidung klaute. Zur Belustigung einiger anderer Schüler. Das war bei weitem nicht der einzige Streich dem ich diesem Liebestrottel spielte. Nicht mal der schlimmste. Es war lediglich der letzte Spaß dem ich mir mit ihm gönnte.

Aber das war schon ewig her. Und nun waren wir erwachsen. Ich zog mein bestes Kleid an. Ein cremefarbenes Cocktailkleid mit schwarzer Schleife und Pailletten. Dazu schwarze Netzstrümpfe und schwarze Pumps. Zu guter Letzt eine cremefarbene Schleife im Haar.

Wir trafen uns bei "Alessio´s", einem noblen italienischen Restaurant. Tom war ein echter Gentleman. Und er sah umwerfend gut aus in seinem Anzug. Die Hornbrille war längst den Kontaktlinsen gewichen. Und es war nicht zu übersehen das er eine Liebe zum Sport entwickelt hat. Er erzählte mir dass er viel Crossfit-Training macht. Und das glaubte ich ihm gerne. Es schien als hätte ich die richtige Wahl getroffen.

Wir aßen und tranken, die Zeit verging. Schließlich war ich bereits beschwipst. Tom rief uns ein Taxi. Wir fuhren in ein Hotel. Tom hatte sich eine große Suite gemietet, mit blick über die Berliner Skyline. Heller Marmor zierte den Boden, Der Blickfang des Wohnzimmers war eine rote Ledercouch.

Ich stand an der Glasfront die einziges großes Fenster war und überblickte die Stadt. Tom machte uns noch einmal einen Drink. Er kam zu mir um den Ausblick und meine Gesellschaft zu genießen. Es war so leicht ihn um den Finger zu wickeln dachte ich mir. Tom nahm mich in den Arm. Wir streichelten uns zärtlich. Und mit einem Lächeln auf den Lippen begannen wir uns zu küssen. Toms Kuss war sanft und leidenschaftlich. Ich hätte nie gedacht dass er ein so guter Küsser ist.

Die erste Etappe meines Ziels war erreicht. Ich habe es geschafft Tom zu verführen. Er hing an meinem Haken wie ein Fisch der darauf wartete aus dem Wasser gezogen zu werden. Tom stellte die Musikanlage an und dimmte das Licht etwas.

Tom: "Kannst du tanzen"?

Dunja: "Natürlich. Ich habe ja auch den Tanzwettbewerb an unserem Abschlussball gewonnen falls du dich noch erinnern kannst".

Tom: "Oh ja, das kann ich. Ich erinnere mich gut. Tanz für mich Dunja. Davon habe ich immer geträumt wenn ich nachts in meinem Bett lag".

Dunja: "Du bist so süß".

Ich begann für Tom zu tanzen. Es war mir nur recht, ich tanzte gerne. Und ich musste ihm eine unvergessliche Nacht bereiten. Ihn süchtig machen nach seiner russischen Liebesgöttin, wenn ich ihn als meinen zukünftigen Versorger an Land ziehen wollte.

Ich tanzte für Tom. Ich tanzte langsam. Zu weichen Jazz-Klängen zog ich langsam mein Kleid auf. Meine Schleife fiel auf den Boden. Neckisch entblößte ich mein riesiges Dekolletee. Toms Reaktionen waren deutlich zu lesen. Seine Körpersprache wurde unruhig, neugierig, hungrig könnte man sagen. Cm für cm entblößte ich immer mehr von meiner weichen tätowierten Haut.

Bis ich schließlich nur noch mit Pumps an den Füßen, Netzstrümpfen an meinen Beinen und einem kleinen Micro-String in meinem Schritt vor Tom stand. Es war mein lieblings String. Auf der Po-Seite geht der Stoff nicht zusammen, sondern wird Ösen mit Straß Steinchen gehalten. Meine Hände bedeckten mein pralles E-Körbchen und spielten mit meinen zarten Knospen. Tom war so erregt das seine rechte Hand seinen Schritt massierte.

Ich lächelte ihn an und biss mir dabei zärtlich auf die Unterlippe. Ich ging auf alle vier hinunter und krabbelte lasziv zu Tom hinüber der auf der roten Ledercouch saß. Als ich ihn erreichte richtete ich mich wieder etwas auf und streichelte seine Beine.

Dunja: "Mach ich dich geil"?

Tom: "Oh ja, du machst mich geil"?

Dunja: "Und willst du mich ficken"?

Tom: "Ja das will ich".

Dunja: "Du musst dir keinen runterholen, dafür bin ich doch jetzt da".

Meine Hände streichelten über Toms Oberschenkel. Die Beule in seiner Hose wurde immer größer. Ich öffnete seinen Gürtel. Dann seinen Hosenstall. Sein Reißverschluss machte ein verheißungsvolles, zippendes Geräusch, mir lief das Wasser im Mund zusammen. Wenn ich eines mehr mag als teuren Champagner, dann ist das ein prächtiger Schwanz in meinem Mund.

Ich zog Tom die Hose aus. Dann streichelte ich seinen Schritt. Ich nahm sein Gehänge in meine Hände und fühlte seine Geilheit.

Dunja: "Hast du ein Kondom dabei"?

Tom: "Das wirst du nicht brauchen Honey, ich bin sauber".

Dunja: "Ok, natürlich".

Normalerweise mache ich keinen ungeschützten Sex. Doch Tom sollte eine Ausnahme sein. Ich wollte die Situation nicht deswegen platzen lassen. Tom sollte meine Fahrkarte zurück in ein besseres Leben sein. Da wollte ich mal ein Auge zudrücken.

Ich begann seinen Penis zärtlich zu küssen. Ihn mit meinen Lippen sanft zu streicheln. Ich wollte zärtlich und leidenschaftlich sein. Ich leckte seine blank rasierten Hoden. Tom lächelte als er das sah.

Tom: "Mhhh, wie lange habe ich davon geträumt? Wie oft habe ich mir einen gewedelt und mir dabei vorgestellt das du mir die Flinte polierst"?

Dunja: "Dann ist heute dein Glückstag Baby. Deine Wichsvorlage ist real geworden".

'

Tom: "Mhh, hehehe….., nimm ihn in den Mund Honey"!

Ich schleckte an Toms praller Eichel und saugte seinen Schwanz in meinen Mund. Sein strammer Penis streifte über meine Lippen und bahnte sich seinen Weg in meinen kleinen Zuckermund. Immer wieder saugte ich seinen harten Penis in den Mund. Mein Speichel machte ihn schön nass damit er richtig flutschen konnte.

Tom genoss die Sonderbehandlung in vollen Zügen. Es verschaffte ihm Genugtuung wie sich der Kopf seiner unerfüllten Jugendliebe über seinem Schoß auf und ab bewegte.

Tom: "Oh ja, tiefer, tiefer Baby, komm schon"!

Dunja: "Rrggghhhrrrghhhhllll…..".

Ich spürte jede Ader seines harten Pimmels als er sich in meinem Mund versenkte. Er glitt über meine wabernde Zunge stieß so tief in meinen Rachen wie er nur konnte. Mein Speichel haftete an seinem besten Stück. Tom drückte meinen Kopf so fest gegen seinen Schoß dass sich meine Nase gegen seinen Bauch drückte. Meine Lippen pressten sich gegen seine Peniswurzel. Ich musste würgen, fast hätte ich mich übergeben.

Ich rang nach Luft. Meine Augen traten hervor. Ich wedelte mit beiden Händen in der Luft um ihm klar zu machen dass ich nicht mehr atmen konnte. Die Tränen liefen mir über das Gesicht und verschmierten mein MakeUp. Und als ich dachte ich müsste ohnmächtig werden, ließ er doch von mir ab. Ich schrak zurück und rang nach Luft, ich sah ihm tief in die Augen. Tom stand auf.

Tom: "Ich mag es hart, ich mag es dreckig. Und wenn du meine Schlampe sein willst musst du das abkönnen, verstanden"?

Dunja: "Und was habe ich davon"?

Tom: "Willst du mich heiraten"?

Dunja: "..was?...... liebend gerne"?!

Tom: "Das kannst du vergessen. Du siehst aus wie eine asoziale Nutte, richtig kriminell und billig und deinen gefärbten Haaren, deinen künstlichen Fingernägeln und deinen ganzen Tattoos. Du gehörst jetzt zum Bodensatz der Gesellschaft, dazu hast du dich selbst gemacht. Weil es deiner Natur entspricht, du warst immer schon Dreck".

Dunja: "Warum sagst du so gemeine Sachen".

Ich kniete immer noch am Boden. Mit Tränen in den Augen und sie wurden nicht weniger durch Toms verletzende Worte. Er legte seine linke Hand an meine Kehle und drückte mir die Luft ab. Ich hielt mich mit beiden Händen an seinem Arm fest. Er spuckte mir ins Gesicht und gab mir mit seiner rechten Hand eine schallende Ohrfeige. Ich hatte mich noch nie so erniedrigt gefühlt in meinem Leben. Und ich weinte vor Selbsthass weil es mich erregte.

Tom: "Weil ich die Regeln mache und du parierst Fotze. Ich sag dir wie es läuft. Ich bin regelmäßig in Berlin, weil ich ein erfolgreicher Geschäftsmann bin. Und du bist hier mein Zeitvertreib. Wenn ich zu Besuch bin ficke ich dich. Wann ich will, wo ich will und wie ich will. Du kriegst 1.000 € pro Nummer. In der Gosse kommt man damit doch lange aus oder"?

Dunja: "Du willst mich für Sex bezahlen? Warum gehst du nicht zu einer Nutte"?

*Tom: "Erstens, ich bin bei einer Nutte. Und zweitens, ich bezahle nicht für den Sex. Ich bezahle für deinen Stolz und deine Würde. Wie sieht's aus du Hure, hast du Lust Geld zu verdienen"?*

Immer noch lag meine Kehle in Toms linker Hand. Ich bekam kaum Luft. Früher hatte ich ihn nicht mal mit dem Arsch angesehen. Und jetzt, jetzt bestimmt er über mich und hat mich in der Hand. Ich war ihm schutzlos ausgeliefert. Auf das Geld konnte ich jedenfalls nicht verzichten.

*Dunja: "Ja.....".*

*Tom: "Dann sag es".*

*Dunja: "Ja ich will Geld verdienen".*

*Tom: "Nein. Sag das du meine Hure sein willst"!*

*Dunja: "Ist das nötig"?*

Tom: "Oh ja du kleine, dreckige Nutte. Das ist es".

Dunja: "Ich will deine Hure sein".

Tom: "Lauter! Und bitte mich darum von mir gefickt zu werden".

Dunja: "Ich will deine Hure sein, bitte fick mich"!

Tom: "Na also, geht doch"!

Tom ließ endlich meinen Hals los. Es war ein herrliches Gefühl wieder Luft zu bekommen. Toms Ansage machte mir Angst und gleichzeitig machte sie mich wütend. Aber sie erregte mich zutiefst. Hatte er etwa Recht? War ich schon immer eine Hure? War ich schon immer asozial? Ich wusste nur das ich geil darauf war diesen Alpha-Mann den ich früher ausgelacht habe zu befriedigen.

Toms rechte Hand streichelte mir zärtlich über den Kopf. Ich schloss kurz die Augen und genoss seine Zärtlichkeit. Dann schlug es wieder ein. Mit der linken Hand gab er mir eine Ohrfeige.

Tom: *"Los lutsch weiter, tu was für dein Geld"*.

Dunja: *"Ja"!*

Wieder schlug es ein. Wieder brannte der Abdruck seiner linken Hand auf meiner rechten Wange.

Tom: *"Nenn mich Sir. Ich stehe über dir"*.

Dunja: *"Ja, Sir...."*.

Ich nahm seinen Schwanz wieder in meinen Mund. Und ich schwöre bei Gott, noch nie fühlte es sich so gut an einen Schwanz im Mund zu haben. Ich lutschte an seinem Liebesstab als gäbe es kein Morgen. Tom liebte es mich dabei immer wieder an den Haaren zu ziehen. Mir Ohrfeigen zu geben und mich anzuspucken. Er genoss seine Rolle als Alpha-Männchen sichtlich. Und noch mehr genoss er meine Rolle als wehrlose, willige Sklavin.

Plötzlich zog mich Tom an meinen Haaren nach oben. Er sagte *"steh auf du Fotze"* und führte mich zu einer Kommode an der Wand. Er räumte mit einem Wisch die Deko darauf ab und setzte mich darauf. Er gab mir einen leidenschaftlichen Zungenkuss und schob meinen String zur Seite.

Tom: *"Du bist ja schon ganz nass. Deine Rolle gefällt dir wohl du kleine Schlampe"!*

Dunja: *"Ja,... Sir"!*

Tom steckte mir seinen rechten Mittelfinger in Muschi. Er hatte keine Mühen zwischen meine Schamlippen einzudringen. Problemlos glitt er in mein Heiligtum ein. Erst ein Finger, dann zwei Finger, dann drei Finger. Sie versenkten sich zwischen meine blankrasierten, glänzenden Schamlippen.

Ohne Vorwarnung steckte mir Tom seinen Schwanz in die feuchte Pussy. Ich stöhnte laut auf. Toms Schwanz hatte für mich die ideale Größe und Form. 18 cm, nicht zu klein, nicht zu groß, dabei schön dick und stark geadert. Seine Eichel war rosa blassblau und sah aus wie eine leckere Frucht die es zu vernaschen gilt.

Toms Stöße waren wild. Etwas unbeholfen, aber leidenschaftlich und gierig. Er schien ein egoistischer Liebhaber zu sein, aber das war eben seine Rolle. Ich musste ihn so akzeptieren wie er war. Tom packte mich fest an den Hüften und hämmerte immer wieder seinen stolzen Phallus in meine käufliche Muschi. Die

Kommode klopfte laut an der Wand. Und noch lauter stöhnte ich auf vor Erregung und purer Geilheit.

Sein harter Prügel tauchte immer wieder zwischen meine glitzernden Schamlippen ein. Er bahnte sich seinen Weg wie ein erbarmungsloser Eroberer. Toms Küsse dabei waren süß und bitter zugleich. Wie verbotene Früchte die man geklaut und dann gekostet hat. Dann legte er seine rechte Hand an meinen Hals. Er begann mich wieder zu würgen während er mich weiter stieß.

Tom: "Rubbel dir die Fotze dabei"!

Dunja: "Ja Sir".

Während er mich würgte und mir Luft nahm, steckte er mir wieder und wieder seinen harten Liebeskolben in den Unterleib. Ich fing an mir dabei meine glitzernde Perle zu streicheln. Ich war unglaublich erregt und kurz vor einem Orgasmus. Ich war mir unsicher ob ich wirklich kommen sollte. Würde er es mögen, wäre er sauer auf mich? Ich hatte Angst. Doch auch diese Ungewissheit erregte mich.

Tom: "Mhhh, das gefällt dir du kleine Hure, was"?

Dunja: "Ja, Sir! Bitte fick mich, hör nicht auf"!

Tom: "Oh ja. Und wie ich dich ficke du billiges Flittchen"!

Dunja: "Ja Sir! Besorg es mir. Darf ich kommen Sir"?

Tom: "So ist es brav. Was ist nur aus unserer kleinen Schulkönigin geworden? Ein willenloses Fickstück, ohne Stolz und Ehre! Du hast meine Erlaubnis"!

*Dunja: "Mmmmhhhh, ja, jaaaa, jaaahhhhh….. jetzt"!*

Mit einem lauten Stöhnen kam ich zum ersten Höhepunkt. Ob ich wollte oder nicht, ich hätte meinen Orgasmus gar nicht länger hinauszögern können. Ich war so geil dass ich nicht mehr innehalten konnte.

Während ich meine Lust laut hinaus schrie stieß Tom immer weiter zu. Er würgte mich dabei immer noch. Meine Augen verdrehten sich während meines Orgasmus. Ich fiel fast in Ohnmacht. Noch nie zuvor hatte ich einen solchen Höhepunkt erlebt. Er machte mich wahnsinnig.

*Tom: "Du kleines Flittchen. Was bist du nur für ein notgeiles Stück"?*

*Dunja: "Danke Sir".*

Tom lies meinen Hals los. Mir wurde schwarz vor Augen. Ich konnte kaum klar denken und war kurz davor das Bewusstsein zu verlieren. Da schlug es wieder ein. Gleich zweimal, erst links, dann rechts.

Tom packte mich und warf mich über seine Schulter wie einen Sack Kartoffeln. Dann schleuderte er mich auf das rote Leder-Chaiselongue vor dem Kamin. Ich war wie in Trance, Ich berührte mich weiterhin selbst. Ich liebkoste meine Brustwarzen mit der Zunge und verwöhnte meine Honigspalte.

Tom ging zu seiner Hose und holte seinen Gürtel. Er zog ihn aus dem Hosenbund. Dann kam er rüber zu mir. Er faltete den Gürtel einmal in der Mitte und nahm in doppelt. Er hielt beide Enden fest. Ich sah ihn mit einem leeren-dümmlichen Blick an als er auf mich zukam. Immer wieder führte er die Gürtelenden zusammen und auseinander. Das Leder klatschte in der Mitte aneinander. Es machte richtig laute Schläge.

Tom griff mit seiner linken Hand an meinen String der immer noch quer über meiner Hüfte hing. Er zerrupft ihn mit einer Bewegung. Dann befahl er mir den Mund zu öffnen. Er steckte mir den zerrissenen String in den Mund. *"Schön brav drin behalten"*- sagte er.

Dann richtete er mich auf. Ich musste mich für ihn in den Vierfüßler-Stand auf dem roten Chaiselongue begeben. Dann schlug er zu. Mit harten Schlägen. Sein Ledergürtel peitschte auf meinen Pobacken. Er schlug so fest das ich weinen musste.

*Tom: "Ich will dass du nach jedem Schlag, Danke Sir, sagst. Kriegst du das hin du kleine asoziale Nutte".*

Dunja: "Ich denke schon Sir".

"Klatsch"

Dunja: "Danke Sir"!

"Klatsch"

Dunja: "Mmmhh, danke Sir"!

!Klatsch!

Dunja: "Mhhhaaah, danke Sir"!

!Klatsch!

Dunja: "Mhimhimhi, danke Sir"!

!Klatsch!

Dunja: "Mrrraa, danke Sir"!

!Klatsch!

Dunja: "Haaahh, danke Sir"!

!Klatsch!

Dunja: "Danke Sir! Bitte aufhören"!

!Klatsch!

Tom: "Schnauze du Hure. Wir sind fertig wenn ich es will"!

Dunja: "Danke Sir"!

!Klatsch!

Dunja: "Määrrgghhh, danke Sir"!

!Klatsch!

Dunja: "Mhhhmmmgg, danke Sir"!

!Klatsch!

Dunja: "Hhhiiiii, danke Sir"!

!Klatsch!

Dunja: "Rrrgggghhhh, danke Sir"!

Tom: "So ist es brav meine kleine Schlampe".

Tom lässt den Gürtel an einem Ende los, er rollt sich in voller Länge auf und schleift über den Boden. Ich blicke dem Schlaginstrument ängstlich hinterher. Mein Körper zittert. Meine Tränen fließen in Strömen und tropfen auf das rote Leder. Ich habe Angst davor was wohl als nächstes passieren könnte. Tom streichelt zärtlich über meinen geschundenen Po. Er ist ganz rot und von Striemen übersät.

Er trat nah von hinten an mich heran. Er fühlte wie ich zitterte.

Tom: "Hast du Angst vor mir"?

Dunja: "Ja... Sir".

Tom: "Gut".

Tom fädelte seinen Gürtel in der Schnalle ein. Er formte sie zu einer Schlinge. Jetzt legte er mir die Schlinge um den Hals. Ich spürte wie sich die Schlinge um meinen Hals immer enger zog. Gleichzeitig spürte ich wie meine Nippel immer größer und steifer wurden. Und wie mein Honignektar immer weiter floss. Und ich hörte das Tropfen meiner Tränen auf dem roten Leder. Ein unbeschreibliches Gefühl.

Tom zog die Schlinge um meinen Hals so fest das ich kaum Atmen konnte. Dann holte er den Standspiegel der in einer anderen Ecke der Suite stand. Er platzierte ihn so dass wir uns nicht nur im Spiegel sehen konnten, sondern sogar sehen mussten.

Tom: "Ist das nicht geil, Baby".

Dunja: "Ja Sir".

Tom: "Ich möchte das du dich im Spiegel siehst wenn ich dir das letzte bisschen Selbstachtung aus dem Leib ficke".

Dunja: "Danke Sir".

Dann drang sein Penis wieder in meine feuchte Möse ein. Ich wollte die Augen schließen. Doch immer wieder musste ich uns im Spiegel betrachten. Mein angelaufenes Gesicht das aus dem meine Geilheit zu lesen war. Toms harte Stöße die meinen geschunden Körper zum Vibrieren brachten.

Tom bediente sich an meinem Heck wie ein wilder Stier. Sein harter Schwanz drang immer wieder tief in meine Pussy ein. Ich stöhnte auf. Ein ums andere mal. Immer wieder erklang meine schrille, hohe Stöhnstimme.

Tom: "Ja Baby, stöhn für mich. Zeig mir deine Lust"!

Dunja: "Ja Sir"!

Mit jedem Stoß schrie ich meine Lust nach draußen. So laut ich konnte und wie es mein

Sauerstoffmangel zuließ. Es dauerte nur wenige Minuten. Dann bewegte ich mich auf meinen zweiten Orgasmus zu. Tom zog die Leine stark an. Er zwang mich immer wieder in den Spiegel zu sehen.

Tom: *"Sieh hin Baby. Du bist eine Hure, meine Hure! Ein ehrloses Stück Abfall! Hab ich nicht Recht Baby"?*

Dunja: *"Ja Sir"!*

Toms Hüfte klatsche immer wieder gegen meinen Po. Ich spürte wie seine Hoden an meiner Glückspforte anklopften. Er wurde schneller und schneller. Stetig änderte Tom seinen Rhythmus, das wirkte unbeholfen, aber auch wild.

Ich konnte meine Lust nicht mehr verbergen. Mein Venushügel vibrierte, meine Schamlippen spannten sich förmlich an. Ein lautes, helles

Stöhnen stieß sich aus meiner Kehle. Ich bekam meinen zweiten Orgasmus und es gab nichts was ich dagegen hätte tun können.

*Dunja: "Jetzt, jetzt, es tut mir leid Sirrrrr"!*

*Tom: "Uuhhh, du geiles Stück"!*

Während mein Körper noch unkontrolliert zuckte zog Tom seinen Schwanz aus meiner feuchten Pussy. Er ging zur Suite-eigenen Küchenzeile. Er öffnete den Kühlschrank. Als er wiederkam hatte er eine Schale mit Butter dabei. Ich sah ihn mit designiertem Blick an.

*Dunja: "Was hast du vor Sir"!*

*Tom: "Es heißt Sie du russisches Dummbrot"!*

*Dunja: "Sie haben Recht Sir. Was haben Sie damit vor"?*

Tom: "Ich habe kein Gleitgel dabei. Das tut's auch".

Dunja: "Für was Sir"?

Tom: "Um deinen Arsch zu ficken du Dummchen".

Dunja: "Ich denke nicht das das eine gute Idee ist Sir".

Tom: "Denken ist nicht deine Stärke Liebchen. Sonst würdest du dich nicht in dieser Position im Spiegel sehen, nicht wahr. Und überlass das Denken mir, deine Wünsche interessieren mich auch gar nicht".

Dunja: "Ja Sir".

Ich versuchte die Augen zu schließen, noch nie hatte ich Analsex gemacht. Ein kühles Gefühl breitete sich an meinem After aus. Tom schmierte mir die kühle Butter zwischen die

Pobacken. Er schmierte meinen After damit ein und drang vorsichtig mit seinen Fingern in meinen Anus ein. Dann rieb er sich seinen Schwanz mit der Butter ein und schmierte mir den Rest auf den Po.

Tom: "Hat dir schon mal jemand das Arschloch gebuttert, du Russenfotze"?

Dunja: "Nein Sir, noch nie".

Tom: "Dann ist heute dein Glückstag. Versuch dich zu entspannen und genieße es".

Dunja: "Ja Sir".

Tom setzte seine Eichel an meinem After an. Mit vorsichtigem Druck ließ er sie in meinem After verschwinden. Ein paar Mal zog er sie wieder heraus um sie gleich wieder hinein zu stecken. Dann drückte er weiter. Sein harter Penis bahnte sich seinen Weg in meinen Arsch.

Ich heulte laut auf. *"Entspann dich"*- sagte er immer wieder. Stück für Stück nahm sein hartes Glied meinen Po ein. Die Butter sorgte tatsächlich dafür dass er leicht in mein Arschloch eindringen konnte. Tom begann mit vorsichtigen, langsamen Stößen. Aber immer wieder versenkte sich sein Penis tief in meinen Schokostern.

Ein tiefes, intensives Gefühl von Lust und Schmerz durchzuckte meinen Körper. Mein Verstand setzte aus. Ich konnte mich nur noch auf den Schwanz in meinem Arsch konzentrieren. Das Gefühl war unbeschreiblich. Es war eine Art der Unterwerfung, der Devotion das ich zuvor noch nie verspürt hatte.

Tom wurde wieder schneller und fordernder. Seine Stöße wurden fester und heftiger. Tränen liefen links und rechts über meine Wangen während er sich an meinem Arsch vergnügte.

Tom: "Oh Baby, dein Arsch ist so eng. Ich hätte nie zu träumen gewagt mal deinen Arsch zu ficken. Aber dich auch noch anal zu entjungfern ist die Krönung".

Dunja: "Bitte Sir, sei zärtlich zu mir"!

Tom: "Halt dein Maul"!

Auch wenn er meine Bitte verbal nicht erwiderte, so merkte ich dass er versuchte zärtlich zu sein. Dennoch blieben seine Stöße fordernd. Tom stöhnte immer lauter und tiefer. Seine Atmung wurde flacher. Ich spürte wie er seinem Höhepunkt entgegen ging. Ich versuchte ihn anzustacheln endlich abzuspritzen.

Dunja: "Oh Baby, bitte fick meinen Arsch Sir"!

Tom: "Jaaa, jaaaa du kleine Arschhure, ich fick dich"!

Mit jedem weiteren Stoß gewöhnte ich mich immer mehr an Analsex. Mein After begann sich langsam zu entspannen und anzupassen. Tom stieß immer schneller zu. Er stöhnte immer lauter. Und als ich verzweifelt und ängstlich in den Spiegel blickte, war es soweit.

Tom schrie laut auf. Sein warmer Samen verteilte sich in meinem Darm. Ich spürte wie sein Schwanz wild in meinem Po zuckte. Mein Anus umschloss fest seinen Schaft. Schwallweise entlud sich seine Sahne in mir, bis seine Hüfte schließlich zum Stillstand kam. Er zog seinen Penis aus meinem Arsch. Dann drehte er mich um.

Tom stand auf. Er platzierte sich direkt vor mir. Ich sah ihn fragend an und wusste nicht was er von mir wollte.

Tom: *"Hab ich dich etwa total dumm-gefickt? Du sollst ihn sauber lutschen"*.

Tom packte mich abermals an den Haaren und führte meinen Kopf zu seinem Schritt. Er drückte mich gegen seinen Schoß. Ich musste seinen erschlaffenden Schwanz in den Mund nehmen. Wir er es befohlen hatte, lutschte ich ihm die Lustlunte sauber. Ein gemischter Geschmack von Butter, Sperma und Arsch verbreitete sich auf meiner Zunge. Ein merkwürdiges Aroma. Doch es erregte mich zutiefst.

Als ich fertig war wendete ich mich von ihm ab, ich wagte es kaum ihm in die Augen zu sehen. Nicht seinetwegen, sondern meinetwegen. Er hat seine Ankündigung wahr gemacht. Er hat das letzte bisschen Selbstachtung aus mir heraus gevögelt.

*Dunja: "Hat es Ihnen gefallen Sir"?*

*Tom: "Oh, ja Kleines. Du warst fantastisch".*

Dunja: "Dann hätte ich jetzt gerne meine Belohnung".

Tom stieg auf. Er zog sich wieder an ohne ein Wort zu verlieren. Er ließ mich nackt und durchgevögelt auf der Chaiselongue sitzen. Dann ließ er ein paar Geldscheine auf den Boden fallen. Es waren 100 Euro Noten.

Tom: "Heb es auf, kleine Hure, naaaa-. was ist? Willst du es etwa nicht".

Langsam und konsterniert hob ich das frisch verdiente Geld vom Boden auf. Direkt vor seinen Füßen.

Tom: "Sie was aus dir geworden ist kleine Ballkönigin. Ein Hure die für ein bisschen Kleingeld alles mit sich machen lässt. Aber das wundert mich nicht. Wer will dich denn einstellen so wie du aussiehst. Ich melde mich *wieder wenn ich das nächste Mal in der Stadt bin".*

*Dunja: "Ja Sir".*

*Tom: "Dann wiederholen wir unsere Zuneigung".*

*Dunja: "Ja Sir".*

*Tom: "Ich freue mich schon jetzt darauf. Du auch"?*

*Dunja: "Ja, gewiss Sir, danke Sir".*

Tom gab mir noch einen zärtlichen Kuss auf die Stirn und verließ das Zimmer.

Das diesjährige Klassentreffen habe ich nicht besucht. Aber Tom war dort, das erzählte er mir bei unserem zweiten Treffen, das kaum zwei Wochen später stattfand.

Zeitfracht Medien GmbH
Ferdinand-Jühlke-Straße 7
99095 Erfurt, Deutschland
produktsicherheit@kolibri360.de